1896 - Mars. 28

Vente après Décès

Atelier

ACHILLE KOETSCHET

Mᵉ Jules PLAÇAIS
Commissaire-Priseur
29, rue de Maubeuge, 29

M. Henri HARO
Peintre-Expert
14, rue Visconti et rue Bonaparte, 20

1896

2254. — L.-Imp. réunies, 2, rue Mignon, Paris

Vente après Décès

CATALOGUE

des

TABLEAUX

composant l'atelier de

Achille KOETSCHET

DONT LA VENTE AURA LIEU

HOTEL DROUOT, Salle N° 6

le **Samedi 28 Mars 1896,** à deux heures

EXPOSITION PUBLIQUE

le **Vendredi 27 Mars 1896,** *de 1 h. 1/2 à 5 h. 1/2*

ET PRÉCÉDEMMENT

à **LA BODINIÈRE** (Théâtre d'Application)

18, rue Saint-Lazare, 18

du **Samedi 14 au Mardi 24 Mars 1896,** *de 10 h. à 5 h.*

Me Jules PLAÇAIS
Commissaire-Priseur
29, rue de Maubeuge, 29

M. Henri HARO
Peintre-Expert
14, rue Visconti et rue Bonaparte, 20

1896

CE CATALOGUE SE DISTRIBUE

à Paris, chez

Me JULES PLAÇAIS COMMISSAIRE-PRISEUR 29, rue de Maubeuge, 29	M. HENRI HARO PEINTRE-EXPERT 14, rue Visconti et rue Bonaparte, 20

Conditions de la vente.

Elle sera faite au comptant.

Les acquéreurs payeront *cinq pour cent* en plus du prix d'adjudication.

ACHILLE KOETSCHET

C'était en 1894, à la fin de l'été.

Durand-Ruel venait d'acquérir de M. Puvis de Chavannes quelques toiles et, avant de les envoyer en Amérique, où elles étaient attendues, il avait convié la critique à les voir. C'étaient d'austères paysages, d'une simplicité recueillie et d'une harmonie douce, peuplés de ces figures irréelles où le sentiment moderne et la grâce antique se marient avec une incomparable noblesse.

Je me retirais, emportant un souvenir saisissant de ces visions, quand je fis la rencontre du maître. Arrêté dans une salle voisine, il y examinait des vues d'Algérie qu'un jeune homme à la physionomie souffreteuse, au geste timide et craintif, faisait passer presque en tremblant sous ses yeux.

Je m'approchai. Par des gorges étroites où coulait, sur un lit inégal, une eau claire, où des palmiers, dans le miroir de l'eau, reflétaient, au bout d'un tronc noueux, leur panache d'un vert métallique, on apercevait, dans le lointain, des collines tourmentées dont les cassures bizarres, d'un rose vif, étincelaient sous la lumière claire et froide qui caractérise les hivers algériens.

Ailleurs, dans des plaines brûlées, baignées d'un air limpide, des caravanes, avec lenteur, se mouvaient, des femmes arabes, au bord d'une flaque d'eau, lavaient des lambeaux de cotonnade, et des individus accroupis, dans de vertes oasis, sous l'abri protecteur des dattiers, goûtaient un repos silencieux ou gesticulaient gravement leur prière.

Dans le nombre aussi, des coins de ville : maisons basses aux fenêtres grillées, aux murailles bariolées d'un blanc cru réchampi, par places, d'un bleu vif, aux terrasses peuplées, sur le soir, de silhouettes imprécises de femmes enveloppées dans des haïcks de couleur ou drapées de voiles blancs.

Et ces gorges sauvages, ces vues du désert, ces coins de ville, malgré la diversité des sujets, des effets de lumière, du décor, étaient tous empreints du même charme. On y lisait un respect profond de la nature, une conscience d'artiste incapable d'altérer, au profit de la couleur, l'aspect vrai, de dénaturer, en la transmettant, l'impression directement ressentie par le peintre.

Aussi les colorations frappaient-elles, dans le plein air, moins par leur vivacité que par leur justesse, moins par l'éclat que par la finesse des tons. La perspective était d'ailleurs observée, dans ces toiles, avec une exacte précision. Peut-être eût-on pu désirer, dans le rendu des masses montagneuses, dans l'exécution parfois des personnages, plus de solidité, mais l'impression d'ensemble n'en était ni moins séduisante, ni moins agréable pour l'œil. Quant aux coins de ville, d'une coloration toujours vigoureuse, jamais brutale à l'excès, ils étaient d'une irréprochable fermeté.

« Comment trouvez-vous ça? » fit en se tournant de mon côté M. Puvis de Chavannes. J'énonçai, très franchement, la satisfaction ressentie. « Vous avez grand'raison, me dit le maître. Il y a dans ce gaillard-là de l'étoffe. Il est jeune, il est inégal, il n'a pas tous ses moyens d'expression, mais il est sincère, il voit juste et il traduit avec délicatesse ce qu'il voit. C'est d'un bon augure pour l'avenir. »

Le jeune peintre dont M. Puvis de Chavannes

appréciait ainsi les travaux s'appelait Achille Koetschet. Le nom ne m'était pas inconnu. J'avais remarqué, l'année précédente, au Champ de Mars, à la Société nationale des Beaux-Arts, deux toiles signées de lui, et très différentes, comme note, de ses paysages algériens. L'une des deux représentait un Calvaire, en pleins champs, sur la lisière d'un village du Pas-de-Calais. Un effet de printemps, sous le soleil, dans la limpide lumière des Alpes valaisanes, encadrait, dans le second, une promenade d'orphelines en jupes et mantelets d'uniforme. Une lamentable impression de tristesse caractérisait la première; de la seconde s'exhalait une joie douce, que la sérénité du paysage accentuait.

La couleur, dans ce second morceau, était pourtant critiquable. Koetschet y avait poussé certains tons jusqu'à la crudité. C'est un résultat qui, dans les recherches de plein air, n'est pas rare.

L'artiste s'en était rendu compte et, dans un motif analogue exposé l'an d'après, dans une Sortie d'église, *le dimanche, à l'issue de la grand'messe, dans le Valais, il avait atténué sensiblement les aigreurs motivées, dans son tableau précédent, par le désir de donner la sensation d'ombres claires. De bons juges avaient constaté, dans la toile, des dons heureux de mouvement, une simplicité qui n'excluait en rien le pittoresque, et la qualité sur-*

tout de la lumière. Il avait rendu à merveille la transparence extraordinaire que prend l'air sur les hauts sommets. La critique l'en avait loué. Elle avait fait grand cas, d'autre part, du vieux Vagabond *que l'artiste avait représenté assis, au terme d'une longue course, sur la colline pelée de Montmartre. Le type était creusé fortement.*

Koetschet avait noté, en traits d'une observation minutieuse, tout ce qui caractérisait, dans le modèle, la déchéance physique et morale, sa barbe et ses cheveux en broussaille, ses vêtements avachis et sans forme, son attitude abandonnée et lasse, sa face morne. Le paysage n'était pas moins écrit que la figure, et tous deux s'incorporaient franchement l'un à l'autre.

On s'intéresse toujours à un artiste qui cherche. On s'intéresse à lui d'autant plus qu'on l'a trouvé à la fois plein de promesses et toujours en défiance de lui-même. Celui-là, en dépit d'un talent déjà mûr, doutait de lui, mais ne doutait que pour redoubler d'ardeur au travail et s'exercer chaque jour à mieux faire. Ma sympathie lui était acquise d'avance et, quand il me demanda de venir dans son atelier voir ses toiles et juger dans leur succession ses efforts, je me fis un plaisir d'accepter.

Enhardi par la sympathie témoignée, il s'épancha, au cours de ma visite, en une touchante série de confidences. Il était né en 1862, *à Saint-Imier, dans la Suisse romande. Dès sa première jeunesse, il avait témoigné d'un goût très vif pour les arts; mais il était l'aîné de cinq enfants, et la vie artistique, même quand elle n'est pas pleine de déboires, ne nourrit son homme qu'à la longue. La froide raison fit un devoir au père de ne tenir aucun compte des dispositions manifestées par son fils, et il l'engagea, bon gré mal gré, dans le négoce.*

Le jeune homme, à contre-cœur, se soumit; puis, les affaires l'ayant appelé à Paris, il en profita pour faire, à ses moments perdus, dans l'atelier Jullian, son apprentissage de peintre. Les rapides progrès qu'il y fit eurent raison des scrupules du père. On le laissa libre enfin de suivre son penchant et de se donner à l'art sans partage.

C'était en 1885. Le paysage tentait tout particulièrement Koetschet, mais ses débuts avaient besoin d'être guidés; il choisit pour guide Harpignies, dont la robuste personnalité l'attirait. Il fit bien. Il apprit du vieux maître à choisir avec soin ses motifs, à écrire nettement ses terrains, à étager ses plans avec une précision rigoureuse, à dessiner fermement ses silhouettes et, tout en baignant d'air leurs contours, à les enlever en vigueur sur le ciel.

Il resta de deux à trois ans chez Harpignies, assouplissant sa facture et s'attachant à rendre, dans leur délicatesse subtile, toutes les variations de l'atmosphère. L'été de 1887 arrivé, il sentit le besoin de se soustraire à l'influence d'un autre. Il craignait d'aboutir au pastiche, et il ne voulait plus entre la nature et lui d'autre intermédiaire que son œil. Il partagea son temps désormais, pendant la belle saison, entre les environs de Paris et la Suisse, ne passant pas une journée sans abattre au moins une étude, et recommençant indéfiniment le même motif jusqu'à ce qu'il eût trouvé la note juste.

A ce métier, sa palette s'éclaircit, et les tons opaques du début disparurent pour faire place à des nuances plus fines où la recherche du gris dominait. Un séjour de plusieurs mois à Camiers, dans les dunes du Pas-de-Calais, y contribua plus encore. Il lui restait à s'initier aux féeries de la couleur. Il alla, en 1890, en demander le secret à l'Afrique. Les deux ou trois saisons qu'il y fit le transformèrent. Il y gagna d'autant plus que chaque été la Suisse et le Pas-de-Calais lui fournissaient l'utile correctif des trop vives lumières algériennes. Sa personnalité, quand je le connus, était faite. La possession définitive était proche.

Il me demanda de me tenir au courant de ses efforts. A son retour du Pas-de-Calais, en novembre, il me montrerait le travail de l'automne. — Il ne devait pas, hélas, me le montrer. Dans le dur labeur auquel il s'astreignait avec une régularité implacable, il avait perdu l'habitude de tenir compte des

2

ménagements qu'exigeait une santé qui n'avait jamais été bien brillante. Dans cet organisme surmené le moindre accident devait produire d'irréparables désordres. Un refroidissement qu'il prit à Camiers aux derniers jours de l'automne dégénéra en congestion pulmonaire, et, au moment où j'attendais sa visite à Paris, ce fut un faire-part que je reçus. Il était mort à peine âgé de trente-deux ans. Il n'en laissait pas moins, derrière lui, une œuvre nombreuse, et c'est le meilleur de cette œuvre qu'on expose.

Avec un tact qui ne surprendra personne, M. Henri Haro a éliminé de l'ensemble tout ce qui ne portait pas une marque personnelle. Il n'a fait figurer au catalogue que les pièces où l'artiste, en face de la nature, s'est affranchi de toute réminiscence. On y trouvera, représentées largement, toutes les séries dont je déroulais la succession tout à l'heure, paysages du Pas-de-Calais et de la Suisse, vues algériennes, environs de Paris, coins de Montmartre.

On en goûtera la probité, la sincérité à ce point dominante qu'elle exclut, dans l'interprétation, tout ce qui n'est pas d'une exactitude littérale. Elles donnent des pays parcourus une sensation curieusement objective, et cette objectivité parfaite, complétée par la finesse du ton, définit pleinement le caractère particulier de ce talent. Elle en marque en même temps l'origine. L'école suisse de peinture, tout entière, subit en face de la nature une impression analogue. Elle la traduit avec une vérité qui ne laisse place à aucun artifice.

Telle est l'œuvre qu'on soumet aujourd'hui au public. Elle mérite un incontestable intérêt et ces toiles, par leur accent de vérité, par leur limpidité harmonieuse et fraîche, donneront à qui les verra le regret qu'une carrière déjà si remplie, et qui s'annonçait aussi belle, ait été, par une cruauté du sort, aussi courte.

THIÉBAULT-SISSON.

TABLEAUX

1 — Les Dunes à Camiers (Pas-de-Calais).

Signé à gauche et daté 1891.

T. — H., 1^m,41. L., 2^m,00.

2 — Les Vaux-de-Cernay; effet du matin.

Signé à droite et daté : Cernay, 1892.

T. — H., 0,97. L., 1^m,46.

3 — Le Vieux Pêcheur.

Signé à droite et daté : Étaples, 1892.

T. — H., 0^m,81. L., 0^m,60.

4 — Jeune Chiffonnier (Montmartre).

T. — H., 0^m,81. L., 0^m,59.

5 — Une Idylle sur la butte Montmartre.

T. — H., 0^{m},73. L., 0^{m},93.

6 — L'Étang de Camiers.

Signé à gauche et daté : Camiers, 1892.

T. — H., 0^{m},65. L.,0^{m},93.

7 — Le Pont de Gien.

Signé à droite et daté 1887.

T. — H., 0^{m},65. L., 0^{m},93.

8 — Le Mendiant.

Signé à droite et daté : Montmartre, 1893.

T. — H., 0^{m},54. L., 0^{m},65.

9 — L'Église d'Auvers.

Signé à droite et daté : Auvers, 1890.

T. — H., 0^{m},65. L., 0^{m},50.

10 — Jardinier se reposant.

Signé à gauche et daté : Paris, 1893.

T. — H., 0^{m},65. L., 0^{m},54.

11 — **Étude d'arbres.**

Signé à gauche et daté : Étaples, 1891.

T. — H., 0m,65. L., 0m,50.

12 — **Le Vieux Vagabond. Sur la butte Montmartre.**

Salon de 1894.
Signé à droite et daté : Paris, 1893.

T. — H., 0m,65. L., 0m,54.

13 — **Effet d'automne.**

Signé à gauche et daté : Étaples, 1891.

T. — H., 0m,65. L., 0m,50.

14 — **Le Bateau-Lavoir.**

Signé à droite et daté : Saint-Denis, 1894.

T. — H., 0m,60. L., 0m,81.

15 — **Une Rue à Camiers.**

Signé à droite et daté 1894.

T. — H., 0m,50. L., 0m,65.

16 — **Un Coin de Paris, pris des buttes Montmartre.**

Signé à droite et daté 1887.

T. — H., 0m,54. L., 0m,81.

17 — **Paysage à Mortefontaine.**

Signé à droite et daté 1887.

T. — H., 0^m,50. L., 0^m,93.

18 — **Le Trocadéro.**

Signé à droite et daté : Paris, 1892.

T. — H., 0^m,49. L., 0^m,61.

19 — **Le Vieux Jardinier.**

T. — H., 0^m,49. L., 0^m,54.

20 — **Paris vu des buttes Montmartre.**

Signé à gauche et daté : Montmartre, 1887.

T. — H., 0^m,54. L., 0^m,81.

21 — **Un Foyer dans les dunes.**

Signé à gauche et daté : Camiers, 1890.

T. — H., 0^m,46. L., 0^m,64.

22 — **Ferme à Saint-Privé.**

Signé à droite et daté 1886.

T. — H., 0^m,46. L., 0^m,65.

23 — Les Dunes.

Signé à droite et daté : Camiers, 1890.

T. — H., 0m,46. L., 0m,65.

24 — Les Têtards; route de Saint-Privé.

Signé à gauche et daté 1886.

T. — H., 0m,46. L., 0m,65.

25 — Dans les dunes.

Signé à gauche et daté : Camiers, 1890.

T. — H., 0m,46. L., 0m,65.

26 — Une Rue à Auvers.

Signé à droite et daté : Auvers. 1888.

T. — H., 0m,46. L., 0m,61.

27 — Pommiers, à Précy.

Signé à gauche et daté 1888.

T. — H., 0m,46. L., 0m,61.

28 — Les Trois Arbres.

Signé à droite et daté : 1890, Camiers.

T. — H., 0m,61. L., 0m,46.

29 — **Tricoteuse à Étaples.**

Signé à droite et daté 1891.

T. — H., 0^m,61. L., 0^m,46.

30 — **Le Moulin.**

Signé à gauche et daté : Cernay, 1891.

T. — H., 0^m,46. L., 0^m,61.

31 — **Un Coin à Camiers.**

Signé à droite et daté : Camiers, 1890.

T. — H., 0^m,61. L., 0^m,46.

32 — **L'Étang de l'Église.**

Signé à gauche et daté : Étaples, 1891.

T. — H., 0^m,46. L., 0^m,61.

33 — **Le Chemin du village.**

Signé à droite et daté : Camiers, 1891.

T. — H., 0^m,46. L., 0^m,61.

34 — **La Laveuse.**

Signé à gauche et daté : Cernay, 1890.

T. — H., 0^m,48. L., 0^m,60.

35 — **Coucher de soleil à Cernay.**

Signé à gauche et daté 1891.

T. — H., 0^m,45. L., 0^m,65.

36 — **Bords de la Seine; effet du matin.**

Signé à gauche et daté : Saint-Denis, 1894.

T. — H., 0^m,41. L., 0^m,63.

37 — **Le Chemin creux.**

Signé à gauche et daté : Cernay, 1888.

T. — H., 0^m,40. L., 0^m,63.

38 — **Chaumières à Auvers.**

Signé à droite et daté 1888.

T. — H., 0^m,38. L., 0^m,60.

39 — **Les Bruyères.**

Signé à gauche et daté : Cernay, 1888.

T. — H., 0^m,39. L., 0^m,55.

40 — **Camiers.**

Signé à gauche et daté : Camiers, 1890.

T. — H., 0^m,38. L., 0^m,61.

41 — **Le Doubs à Mandeure.**

Signé à droite et daté 1889.

T. — H., 0^m,38. L., 0^m,55.

42 — **Bateaux à Saint-Denis.**

Signé à droite et daté 1894.

T. — H., 0^m,38. L., 0^m,55.

43 — **Le Village de Cernay.**

Signé à gauche et daté 1888.

T. — H., 0^m,38. L., 0^m,61.

44 — **Dans les fleurs.**

Signé à gauche et daté : Camiers, 1890.

T. — H., 0^m,38. L., 0^m,46.

45 — **Les Bords de la Seine.**

Signé à droite et daté : Saint-Denis, 1892.

T. — H., 0^m,38. L., 0^m,46.

46 — **Le Départ des barques.**

Signé à droite et daté : Étaples, 1891.

T. — H., 0^m,37. L., 0^m,41.

47 — L'Église de Saint-Ouen.

Signé à gauche et daté : Saint-Ouen, 1888.

T. — H., 0m,35. L., 0m,24.

48 — Tête de Mendiant.

Signé à droite et daté : Paris, 1893.

T. — H., 0m,35. L., 0m,24.

49 — Barques à Saint-Valéry.

Signé à droite et daté : Saint-Valéry, 1890.

T. — H., 0m,33. L., 0m,46.

50 — Effet de neige.

Signé à droite et daté : 23 février 1888.

T. — H., 0m,33. L., 0m,46.

51 — La Ferme.

Signé à gauche et daté : Cernay, 1891.

T. — H., 0m,33. L., 0m,41.

52 — Les Barques.

Signé à gauche et daté : Étaples, 1891.

T. — H., 0m,33. L., 0m,41

53 — La Place de la Concorde.

Signé à droite et daté 1892.

B. — H., 0^m,28. L., 0^m,35.

54 — Le Port Saint-Nicolas.

Signé à droite et daté 1891.

B. — H., 0^m,27. L., 0^m,35.

55 — La Tricoteuse.

Signé à droite et daté : Étaples, 1891.

B. — H., 0^m,27. L., 0^m,35.

56 — Les Chaumières.

Signé à gauche et daté : Cernay, 1891.

T. — H., 0^m,25. L., 0^m,34.

57 — Le Sentier; effet de soleil couchant.

Signé à droite et daté : Clécy, 1889.

T. — H., 0^m,24. L., 0^m,32.

58 — La Seine à Saint-Denis.

Signé à droite et daté : Saint-Denis, 1894.

T. — H., 0^m,24. L., 0^m,31.

59 — Vue prise à Paris.

Signé à droite et daté 1886.

B. — H., 0^m,24. L., 0^m,34.

60 — Les Meules.

Signé à droite et daté : Cernay, 1888.

B. — H., 0^m,24. L., 0^m,34.

61 — Le Chemin de l'étang.

Signé à droite et daté : Cernay, 1889.

T. — H., 0^m,20. L., 0^m,34.

62 — Vue prise à Saint-Denis.

Signé à gauche et daté 1887.

T. — H., 0^m,20. L., 0^m,24.

63 — Le Pont Solférino.

T — H., 0^m,18. L., 0^m,31.

64 — Paysage.

Signé à droite et daté : Gien, 1886.

T. — H., 0^m,12. L., 0^m,29.

65 — Le Pont de Gien ; effet de soleil couchant.

Signé à gauche et daté : Gien, 1887.

T. — H., 0^m,13. L., 0^m,24.

66 — Les Gorges d'El-Kantara.

Signé à droite et daté : El-Kantara, 1891.

T. — H., 0^m,97. L., 1^m,48.

67 — Laveuses à El-Kantara.

Signé à droite et daté : El-Kantara, 1891.

T. — H., 0^m,91. L., 0^m,70.

68 — Le Marabout (Alger).

Signé à droite et daté 1890.

T. — H., 0^m,59. L., 0^m,50.

69 — Mauresque.

Signé à gauche et daté : Alger, 1889.

T. — H., 0^m,54. L., 0^m,46.

70 — Les Laveuses.

Signé à droite et daté : El-Kantara, 1890.

T. — H., 0^m,41. L., 0^m,64.

71 — Cour de mosquée.

Signé à droite et daté : Alger, 1890.

T. — H., 0m,41. L., 0m,33.

72 — El-Decherra.

Signé à droite et daté : El-Kantara, 1890.

T. — H., 0m,38. L., 0m,61.

73 — L'Abreuvoir.

Signé à gauche et daté : El-Kantara, 1890.

T. — H., 0m,38. L., 0m,61.

74 — Une Terrasse.

Signé à gauche et daté : Alger, 1890.

T. — H., 0m,38. L., 0m,55.

75 — Le Chevrier.

Signé à droite et daté : El-Kantara, 1890.

T. — H., 0m,38. L., 0m,46.

76 — Une Rue à Alger.

Signé à gauche et daté : Alger, 1889.

T. — H., 0m,46. L., 0m,38.

77 — **Les Gorges à El-Kantara.**

Signé à gauche et daté 1890.

T. — H., 0m,38. L., 0m,46.

78 — **La Rue Telemli à Alger.**

Signé à droite et daté 1890.

T. — H., 0m,46. L., 0m,38.

79 — **L'Oasis.**

Signé à gauche et daté : El-Kantara, 1890.

T. — H., 0m,33. L., 0m,46.

80 — **Sidi Abderamann.**

Signé à gauche et daté : Alger, 1890.

B. — H., 0m,35. L., 0m,27.

81 — **Une Rue à Alger.**

Signé à droite et daté 1890.

T. — H., 0m,35. L., 0m,24.

82 — **La Casbah.**

Signé à droite et daté : Alger, 1890.

T. — H., 0m,33. L., 0m,41.

83 — **La Rue de la Girafe à Alger.**

Signé à droite et daté 1890.

T. — H., 0^m,33. L., 0^m,22.

84 — **Le Pont.**

Signé à droite et daté : El-Kantara, 1890.

B. — H., 0^m,32. L., 0^m,24.

85 — **La Montagne Rose (El-Kantara).**

Signé à gauche et daté 1890.

T. — H., 0^m,27. L., 0^m,41.

86 — **Coucher de soleil.**

Signé à droite et daté : Biskra, 1890.

T. — H., 0^m,24. L., 0^m,34.

87 — **Le Matin par un temps calme; marine.**

Signé à droite et daté : Alger, 1890.

T. — H., 0^m,22. L., 0^m,33.

88 — **Le Soir.**

Signé à droite et daté : El-Kantara, 1890.

T. — H., 0^m,16. L., 0^m,23.

89 — **Femme et Enfant à Évolène (Suisse).**

Signé à droite et daté : Évolène, 1893.

T. — H., 0^m,93. L., 0^m,74.

90 — **Coucher de soleil à Morcles (Suisse).**

Signé à gauche et daté : Morcles, 1892.

T. — H., 0^m,51. L., 0^m,66.

91 — **Le Trient.**

Signé à gauche et daté : Morcles, 1892.

T. — H., 0^m,46. L., 0^m,61.

92 — **Le Torrent.**

Signé à droite et daté : Morcles, 1892.

T. — H., 0^m,46. L., 0^m,61.

93 — **La Dent du Midi.**

Signé à droite et daté : Morcles, 1892.

T. — H., 0^m,46. L., 0^m,38.

94 — **L'Église à Évolène.**

Signé à droite et daté : Évolène, 1893.

T. — H., 0^m,35. L., 0^m,28.

95 — **Une Vue de Suisse.**

Signé à gauche et daté : Savière, 1893.

T. — H., $0^m,35$. L., $0^m,27$.

96 — **Les Sapins à Morcles.**

Signé à gauche et daté 1892.

T. — H., $0^m,32$. L., $0^m,43$.

97 — **Les Chalets.**

Signé à droite et daté : Aeschi, 1892.

T. — H., $0^m,29$. L., $0^m,43$.

98 — **Les Lacs à Brienz.**

Signé à gauche et daté : Aeschi, 1892.

T. — H., $0^m,29$. L., $0^m,35$.

99 — **Le Niesen.**

Signé à gauche et daté : Aeschi, 1892.

B. — H., $0^m,26$. L., $0^m,35$.

100 — **Sous ce numéro seront vendus les tableaux non catalogués.**

2254. — Librairies-Imprimeries réunies, rue Mignon, 2, Paris.

28 mars 1896

V

A LA BODINIÈRE
(Théâtre d'Application)
18, Rue Saint-Lazare, 18

EXPOSITION DES ŒUVRES
de l'Atelier

Achille KOETSCHET

du Samedi 14 au Mardi 24 Mars 1896
de 10 heures du matin à 5 heures du soir

VENTE HOTEL DROUOT — SALLE N° 6
Le Samedi 28 Mars 1896
A DEUX HEURES

EXPOSITION PUBLIQUE, MÊME SALLE
Le Vendredi 27 Mars 1896
de 1 h. 1/2 à 5 h. 1/2

Mᵉ **Jules PLAÇAIS** Commissaire-Priseur 29, rue de Maubeuge, 29	M. **Henri HARO** Peintre-Expert 14, rue Visconti et rue Bonaparte, 20

1896

TABLEAUX

1. — Les Dunes à Camiers (Pas-de-Calais).
2. — Les Vaux de Cernay; effet du matin.
3. — Le Vieux Pêcheur.
4. — Jeune Chiffonnier (Montmartre).
5. — Une Idylle sur la butte Montmartre.
6. — L'Étang de Camiers.
7. — Le Pont de Gien.
8. — Le Mendiant.
9. — L'Église d'Auvers.
10. — Jardinier se reposant.
11. — Étude d'arbres à Étaples.
12. — Le Vieux Priseur (Montmartre).
13. — Effet d'automne (Étaples).
14. — Bateau-Lavoir à Saint-Denis.
15. — Une Rue à Camiers.
16. — Un Coin de Paris, pris des buttes Montmartre.
17. — Paysage à Mortefontaine.
18. — Le Trocadéro.
19. — Le Vieux Jardinier.
20. — Paris vu des buttes Montmartre.
21. — Un Foyer dans les dunes (Camiers).
22. — Ferme à Saint-Privé.
23. — Les Dunes (Camiers).
24. — Les Têtards; route de Saint-Privé.
25. — Dans les dunes à Camiers.
26. — Une Rue à Auvers.
27. — Pommiers à Précy.
28. — Les Trois Arbres à Camiers.
29. — Tricoteuse à Étaples.

30. — Le Moulin (Cernay).
31. — Un Coin à Camiers.
32. — L'Étang de l'Église (Étaples).
33. — Le Chemin du village (Camiers).
34. — La Laveuse (Cernay).
35. — Coucher de soleil à Cernay.
36. — Bords de la Seine; effet du matin.
37. — Le Chemin creux à Cernay.
38. — Chaumières à Auvers.
39. — Les Bruyères (Cernay).
40. — Camiers.
41. — Le Doubs à Mandeure.
42. — Bateaux à Saint-Denis.
43. — Le Village de Cernay.
44. — Dans les fleurs (Camiers).
45. — Les Bords de la Seine (Saint-Denis).
46. — Le Départ des barques (Étaples).
47. — L'Église de Saint-Ouen.
48. — Tête de Mendiant.
49. — Barques à Saint-Valéry.
50. — Effet de neige.
51. — La Ferme (Cernay).
52. — Les Barques (Étaples).
53. — Place de la Concorde.
54. — Le Port Saint-Nicolas.
55. — La Tricoteuse (Étaples).
56. — Les Chaumières à Cernay.
57. — Le Sentier; soleil couchant (Clécy).
58. — La Seine à Saint-Denis.
59. — Vue prise à Paris.
60. — Les Meules à Cernay.
61. — Le Chemin de l'Étang (Cernay).
62. — Vue prise à Saint-Denis.
63. — Le Pont Solférino.
64. — Paysage.
65. — Le Pont de Gien; effet de soleil couchant.
66. — Les Gorges d'El-Kantara.

67. — Laveuses à El-Kantara.
68. — Le Marabout (Alger).
69. — Mauresque à Alger.
70. — Les Laveuses (El-Kantara).
71. — Cour de mosquée (Alger).
72. — El-Decherra.
73. — L'Abreuvoir (El-Kantara).
74. — Une Terrasse (Alger).
75. — Le Chevrier (El-Kantara).
76. — Une Rue à Alger.
77. — Les Gorges à El-Kantara.
78. — Rue Telemli à Alger.
79. — L'Oasis à El-Kantara.
80. — Sidi Abderamann (Alger).
81. — Une Rue à Alger.
82. — La Casbah (Alger).
83. — La Rue de la Girafe à Alger.
84. — Le Pont (El-Kantara).
85. — La Montagne Rose (El-Kantara).
86. — Coucher de soleil à Biskra.
87. — Le Matin par un temps calme ; marine.
88. — Le Soir (El-Kantara).
89. — Femme et Enfant à Évolène (Suisse).
90. — Coucher de soleil à Morcles.
91. — Le Trient (Morcles).
92. — Le Torrent (Morcles).
93. — La Dent du Midi (Morcles).
94. — L'Église à Évolène.
95. — Vue de Suisse (Savière).
96. — Les Sapins à Morcles.
97. — Les Chalets à Aeschi.
98. — Les Lacs à Brienz.
99. — Le Niesen (Aeschi).

2229. — Lib.-Imp. réunies, rue Mignon, 2, Paris.

www.ingramcontent.com/pod-product-compliance
Ingram Content Group UK Ltd.
Pitfield, Milton Keynes, MK11 3LW, UK
UKHW020507180726
13839UKWH00004B/1949

9 782329 452241